MAMMALUCCO

FURAHA BAYIBSA

Detta är en självpublicerad bok
Publicerad i december 2020.

Furaha Bayibsa identifierar sig som författaren för denna bok.

Producerad och översatt av Furaha Bayibsa.
Omslagsfoto © Furaha Bayibsa

ISBN: 979-8-670129-12-1

Till Gabén Sapaska

Och vad betyder vänskap för dig?
Och hur långt är du villig att gå för att skydda den?

MAMMALUCCO

Pojken satt på sin plats längst bak i klassrummet. Han läste en bok om drömmar under lästimmen. De senaste månaderna hade han haft en fascination av drömmar och drömtydning. Hans bästa vän Luca satt på raden framför honom. Luca läste en bok om den grymma häxjakten under 1600-talet. Själv blev han väldigt lättskrämd och snabbt obekväm av läskiga saker, men hans bästa vän blev aldrig rädd. Luca kunde titta på skräckfilmer utan att ha några lampor tända, han var jättemodig på det viset.

Resten av klassen läste barnsliga böcker om kärlek och romans, men denna pojke var inte som alla andra. Han tänkte nästan aldrig på kärlek. Han var inte intresserad av tjejer som andra pojkar i hans ålder var. Pojken brydde sig bara om sin bästa vän, Luca, ingenting mer.

För några månader sedan besökte pojken och hans familj Etiopien. Pojken, hans mamma, och hans pappa, åkte till Etiopien varje sommar och spenderade hela sommarlovet där. Hela hans släkt bodde i Etiopien, så det var alltid kul att åka dit tyckte pojken. Han hade vänner i Etiopien, fler vänner än han hade hemma. I Etiopien trivdes han mycket mer. Pojken visste inte om det berodde på att hela hans släkt var bosatt i Etiopien, eller om det var på grund av att folket hemma helt enkelt inte varit så välkomnande mot honom. Han visste inte vad anledningen bakom hans delade känslor till hans två hem var. Här hemma hade han i alla fall Luca, och för honom vägde det lika mycket som hela hans släkt i Etiopien, så egentligen spelade det inte särskilt stor roll för honom. Han tyckte om det här, men också i Etiopien. Pojken tyckte om Luca här hemma men även sina vänner i Etiopien. När han var i Etiopien senast var det väldigt varmt. Det brukade vara varmt i Etiopien varje sommar men den gången var det extremt varmt. Pojken var rädd att vädret skulle göra sommaren dålig. Man kan ju inte vara utomhus när det är så varmt att man bränner sig på fötterna om man går barfota. Han och hans vänner brukade alltid leka barfota utomhus så det oroade honom verkligen. Det var dock slöseri på tid för pojken att oroa sig, för den sommaren var väldigt kul. Han längtade tills han skulle åka hem så att han kunde berätta för Luca om hur kul han hade haft. Pojkens mormor bodde i Etiopien. Hon hade aldrig träffat Luca tidigare, men hon hade hört tillräckligt mycket om honom för att veta att han var viktig för pojken. Innan pojken åkte hem fick han en present av henne. Det var två stycken identiska halsband. Det var ett brunt band gjort av läder och en grön diamant. Nästan som Supermans kryptonit, fast ett halsband. När familjen kramades hejdå hade hon kramat om pojken och sagt att han skulle bära det ena, och ge det andra till Luca. Halsbandet var verkligen jättefint. Det tyckte både han och Luca. Båda har burit på halsbandet varje dag sedan dess.

Pojkens fascination med drömmar började när han kommit hem från Etiopien samma sommar. Kvällen innan familjen skulle flyga hem drömde pojken att deras flyg kraschade och att han dog. När han vaknade förstod han inte varför han hade drömt det han drömt, heller inte vad drömmen hade för betydelse. Trots hans rädsla gick flygresan hem jättebra, men sedan den kvällen hade en oro byggts inom pojken. Han tänkte att oron förmodligen skulle försvinna om han lärde sig mer om hur drömmar fungerade, så han lånade några böcker från biblioteket och har inte slutat läsa sedan dess.

När lästimmen var över packade pojken ihop sin bok. Hans fröken var en ung kvinna med orange tjockt hår. Hon såg galen ut. Eleverna brukade ibland reta henne men pojken gjorde aldrig det; han tyckte att hon var riktigt snäll.

'Det är december nästa vecka. Ni som inte lämnat in pengar för resan, snälla påminn era föräldrar,' ropade fröken medan eleverna skyndade sig ut ur klassrummet.

Pojken fick ont i magen när han hörde påminnelsen. I december ska hela klassen iväg tillsammans och åka skidor. Pojkens föräldrar var väldigt strikta när det kom till aktiviteter utanför skolan. Han hade inte vågat fråga sina föräldrar om pengar för att åka med på klassresan. Om de bara kunde låta mig växa upp, tänkte pojken. Vad skulle vara så farligt om de tillät mig ha kul utan deras sällskap? Varför var de alltid så beskyddande med mig? En dag ska jag rymma hemifrån, då ska de få se hur det känns att vara utan mig bara för en dag. Förhoppningsvis är det inte så farligt, och då kanske de ger mig lite mer frihet. Han visste själv att han aldrig någonsin skulle våga rymma hemifrån, men ibland hjälpte det att drömma sig bort. Fröken stoppade pojken strax innan han klev ut ur klassrummet.

'Afrem, jag har inte fått in din lapp från dina föräldrar ännu. Ska du inte följa med?'

Pojken kände obehag inom när hon frågade honom inför hela klassen. Han visste inte ifall han skulle ljuga eller tala sanning. Han behövde heller inte ta reda på det för Luca kom direkt till hans räddning, 'vi måste gå nu', var allt Luca fick ur sig innan han drog med sig pojken ut genom dörren. De hade rast i tjugo minuter innan nästa lektion. Simning. Pojken och Luca skyndade alltid sig till simhallen direkt efter lästimmen. De två var alltid först på plats i omklädningsrummet samt i simhallen. Det fanns några killar i deras klass som brukade reta Luca i omklädningsrummet innan simlektionerna. De brukade skratta åt hur tanig han såg ut. De brukade säga att han såg ut som en flicka. Luca var inte stark alls. Han slogs aldrig med någon. Han brukade inte säga elaka saker till andra människor heller, så det var jobbigt när deras klasskamrater retades så mycket. Pojken försvarade alltid Luca varje gång någon skrek något elakt till honom, eller knuffade honom. När de gick hem sedan brukade Luca alltid säga att han nästa gång skulle klappa till dem. Han brukade säga att han skulle sparka dem och svära åt dem. Luca älskade boxning, han var verkligen besatt av Jake LaMotta. Jake var en boxare som Luca konstant pratade om. Han och pojken brukade nästan varje helg titta på filmen Raging Bull som handlade om Jake. Pojken hade snart sett filmen över hundra gånger. Han visste att Luca aldrig skulle fatta modet och slå tillbaka pojkarna. Det var bara struntprat, men pojken gillade att lyssna på Luca och hans påhittade historier om hur han en dag skulle klå upp de största killarna i klassen. En dag ska jag också våga vara mig själv, tänkte pojken ofta, precis som Luca alltid är. En dag ska jag inte vara så blyg, en dag, tänkte han.

Pojken och Luca skyndade sig till badhuset och bytte snabbt om innan de fick sällskap av resten av klassen. Det var enklare på det viset. Pojken var den som föreslagit för Luca att de skulle börja gå tidigare så att de kunde leka i den varma bassängen innan lektionen började. Trots att Luca aldrig klagade så visste pojken innerst inne att Luca tyckte det var jobbigt med simlektionerna på grund av mobbarna i deras klass. I ett försök att inte få Luca att skämmas, men samtidigt hjälpa honom, föreslog pojken att gå till simhallen tidigare. Han tänkte att om det var hans idé att de skulle gå tidigare till simhallen för att undvika killarna i klassen, då skulle Luca kanske inte skämmas. Pojken hade rätt med sitt tänkande. Luca tyckte det var en smart idé att leka i varma bassängen före alla andra, så de skyndade sig till badhuset direkt efter lästimmen.

Under de första 40 minuterna simmade klassen alltid tillsammans i den stora bassängen, men den sista kvarten fick de alltid simma fritt. Pojken var väldigt duktig på att simma så han brukade alltid spendera de sista minuterna av lektionen i stora bassängen. Luca å andra sidan trivdes inte lika mycket i vattnet som pojken så han låg alltid på golvet parallellt med pojken som simmade i vattnet. Deras onsdagar hade sett ut på det viset de senaste veckorna tills dagen kom då pojken tappade sitt halsband i bassängen.

Fem minuter innan lektionen var slut brukade pojkarna alltid lämna bassängen och skynda sig tillbaka till omklädningsrummet där de duschade och bytte om innan deras klasskamrater kom. Pojken hade sagt till Luca att om de skyndade sig då skulle de komma först till matsalen före alla andra på hela skolan. 'Vi kommer få den bästa maten' hade han sagt till Luca. Det gick snabbt att övertala Luca och snart sprang de varje onsdag till och från simhallen före alla andra. Denna onsdag förmiddag var annorlunda eftersom att pojken hade tappat bort sitt halsband.

När det var dags för de två att smyga till omklädningsrummet påpekade Luca att pojken inte bar på sitt halsband. Pojken var säker på att han hade på sig det när han hoppade in i badet. Halsbandet hade på sistone blivit en symbol för deras vänskap. Pojkarna stannade därför kvar i badhuset och letade efter halsbandet i bassängen. De hittade halsbandet i den varma bassängen, där de badat först. Hela klassen hade redan gått till omklädningsrummen när pojkarna lämnade bassängen. Det oroade pojken när han såg att ingen var kvar, men han nämnde det inte till Luca. Om killarna är kvar då kommer jag försvara Luca, tänkte pojken. Jag kommer slå dem på käften som LaMotta. Rakt på truten så de lämnar Luca ifred för alltid! Det ska jag göra! Om jag vågar. Jag hoppas jag vågar denna gång, för Lucas skull, tänkte pojken. Pojken skulle göra allting för Luca, det skulle han verkligen. Han ville inte att någon skulle vara dum mot hans bästa vän. Om han skulle behöva smälla till någon på truten för att bevisa det, då skulle han göra det. När de klev in i omklädningsrummet var det knäpptyst. Ingen var där. Under hela vägen till matsalen fanns det ingen som störde pojken eller Luca. Den lunchen åt de fiskpinnar med potatis och spenat i lugn och ro.

När skoldagen var slut promenerade de hemåt. Pojkens föräldrar var väldigt strikta när det kom till vilka han fick umgicks med efter skolan. Luca bodde i samma porthus som pojken. Han var den enda person pojken

fick gå hem till efter skolan. Eftersom att pojken inte hade
några fler vänner än Luca hade han ingenting emot den
regeln. Han var nöjd med att ha snöbollskrig med sin
bästa vän Luca på väg hem från skolan för att sedan gå
hem till Luca och titta på en boxningsfilm.
Pojken kastade en snöboll mot Luca när de
promenerade hemåt. Luca fångade den med sin hand.
Pojken hade aldrig sett något så häftigt förut, inte Luca
heller. De båda skrattade högt av Lucas snabba reflex,
men snart försvann deras leende. En stor snöboll träffade
nämligen Luca rakt i ansiktet. Det var inte pojken som
kastat den. Snart flög en till snöboll mot deras håll. Denna
gång träffade den Luca i magen. Pojken såg snabbt
killarna som gömde sig bakom papperskorgen. Det är
dags nu, tänkte pojken. Jag kan inte låta dem fortsätta
tortera Luca så här. Nu måste jag göra någonting, tänkte
han, 'lever du kompis?' frågade han Luca som låg på
marken. Pojken hjälpte Luca upp på fötterna igen. Luca
grät. Nu var pojken riktigt arg. Han tyckte inte om att se
på när människor han brydde sig om grät. För att hjälpa
sin bästa vän bestämde han sig för att kasta tillbaka
snöbollar på killarna, 'gå på nå i er egna storlek' skrek
han medan han kastade snöbollar hejvilt mot deras håll.
En stor lång kille i en årskurs högre än pojken klev fram
från bakom papperskorgen och gick mot pojken. Han var
dubbelt så lång och dubbelt så bred som pojken. Nu har
jag min chans, tänkte pojken, så han sprang mot den
stora killen och knuffade honom med all styrka han hade.

Den stora killen föll ner på snön och skrek till direkt. Hans kompisar sprang fram till dem båda. Pojken slog och sparkade på den stora killen när kompisarna kom. Han tänkte inte på att de var fler än honom, han tänkte bara på att skydda Luca. Pojkens klasskamrater sprang sedan fram från bakom papperskorgen och hoppade på Luca. De mulade honom. De sparkade på honom. De begravde honom under snön. Pojken fattade mod och hoppade på en av klasskamraterna för att hjälpa Luca. Det tog dock inte lång tid förrän även pojken låg begravd under snön.

'Rör fan inte på er skitungar! Ligg kvar säger ja!' skrek den stora killen.

Varken pojken eller Luca vågade röra på sig efter det, så de låg kvar frusna i snön i några minuter tills dess att de inte kunde höra killarna mer. Då kröp de ut ur deras grav i snön och borstade bort snön från varandras kläder.

'Imorn när ja ser 'na i korridoren kommer ja smälla till 'na på käften!' Luca hoppade upp och ner som en boxare.

'Rakt i nyllet på 'na ska du se.'
Pojken var väl medveten om att Luca inte skulle göra någonting imorgon mot den stora killen om han såg honom i korridoren. Trots den kännedomen nickade han jakandes och höll med Luca.

'Ja, få äntligen tyst på 'na Luca! Smäll till 'na på t-t-t-truten!' Pojken var frusen, likaså var Luca. De skyndade sig hem så fort de kunde.

Pojken gick först hem till sig för att byta om. Han var dyngsur efter den tidigare begravningen. Han duschade i

varmt vatten. När han knackade på hemma hos Luca igen
så var Luca ombytt och klar. Pojken klev in på Lucas rum
och satte sig på hans säng. Luca hade ett fint rum. Det
fanns en säng, en TV och en bokhylla med en massa
böcker. Det fanns så många böcker att pojken tvekade på
ifall Luca hunnit läsa igenom varenda en. Han kanske
hade kommit halvvägs, tänkte pojken. Men inte längre.
Det såg ut att vara flera hundra böcker på bokhyllan.
Pojken undrade när Luca hade tid att läsa alla böcker.
Mellan skolan på vardagarna, läxor på helgerna, och all
tid vi spenderar tillsammans, när har han tid att läsa? Han
kanske inte behöver gå och lägga sig lika tidigt som jag,
tänkte pojken. Sedan Lucas pappa gick bort hade hans
mamma inte varit lika strikt mot honom. En kväll gick
hans pappa och lade sig och sen vaknade han aldrig mer.
Han dog i sömnen av en hjärtattack. Läkarna på sjukhuset
förstod inte vad som hände eftersom att han var ung och
frisk i vanliga fall. Lucas mamma har varit jätteledsen
sedan dess. Under dagarna när Luca var i skolan så var
hon på sjukhuset där hon jobbade. Hon är en
sjuksköterska. Hon sov nästan hela tiden när hon väl var
hemma. Det måste vara jobbigt för henne att gå till jobbet
nuförtiden, tänkte pojken. Jag undrar hur hon kan
fortsätta jobba på ett sjukhus för att hjälpa människor,
när hon inte kunde hjälpa sin egna man. Pojken visste
bättre än att ställa den frågan till Luca, men han tänkte
ofta på det. Luca pratade inte om pappan särskilt mycket
längre. Istället började han kompensera med att titta på

ännu fler skräckfilmer och ännu mer Raging Bull. Lucas
mamma jobbade extra på sjukhuset på helger för att få
mer pengar. De dagar hon jobbade extra brukade pojken
sova över hemma hos Luca. Sedan han förlorat sin pappa
har han haft svårt att vara ensam om kvällarna. Pojken
kunde inte inbilla sig hur dåligt Luca måste må. Han
älskade verkligen sin pappa. Det enda pojken kunde göra
var att finnas där för Luca när han behövde sällskap. Så
det var det han gjorde.

'Ska vi slå på Raging Bull?'

'Slå på 'na' svarade pojken.

Pojken och Luca satte sig på golvet framför TVn.
Kassetten med filmen var redan inuti VHS-spelaren så de
tryckte på play och startade filmen. Mot filmens slut
hoppade Luca upp på sina fötter och boxades i luften.
Han såg ut som Mowgli från djungelboken när Baloo lärde
honom att slåss. Pojken ställde sig upp och gjorde Luca
sällskap i den osynliga boxningsringen.

'Visa mej va du går för da!'

Luca bankade sig själv på bröstet och röt till som ett
odjur. Pojken skrattade så pass mycket att han hostade.
När han tittade upp märkte han att Luca inte bar på sitt
halsband, 'va har du gjort dej av halsbandet?' Luca kände
på sin hals med fingertopparna och märkte att det inte
fanns något som hängde runt hans hals mer, 'åh nej, din
present.' Luca verkade vara riktigt ledsen över att han
tappat bort halsbandet, det märkte pojken med
detsamma. Pojken satte sig ner på golvet bredvid Luca

som också satt på golvet nu. Det var längesen pojken såg sin bästa vän vara riktigt ledsen, så pass att tårar rann ner för kinderna utan någon vila, 'de va bara en fånig present, inte nå du behöver va ledsen över kompis.' Pojken kramade om sin bästa vän medan han grät floder; det var verkligen floder. Pojken ville bara att Luca skulle må bättre, inte vara ledsen. Det kan inte bara varit halsbandet Luca var ledsen över, det förstod pojken direkt, men han sa ingenting. Han var nog ledsen på grund av de dumma killarna som alltid muckade på Luca. På grund av att Luca inte kände sig stark nog utan sin pappa. Det var på grund av att Luca saknade sin pappa som han grät. Alla vägar ledde tillbaka till hans pappa, tänkte pojken. Det måste vara därför Luca tittade på Raging Bull så mycket; det var hans pappas favoritfilm. Luca känner kanske att hans pappa sitter bredvid honom när han tittar på filmen, tänkte pojken. Det är kanske därför han inte kan sluta titta på den. Han kanske tror att han kommer glömma bort sin pappa om han slutar titta på filmen, tänkte pojken medan han höll om sin bästa vän, det måste vara därför.

'Ska vi upp å boxas lite kompis? Eller ska vi slå på filmen igen? Se på kungen slåss!'

Luca bara grät och grät.

'Kompis, hur går e?'

Ingenting pojken sa verkade göra Luca på bättre humör. Om det inte var på grund av hans pappa, så förstod inte pojken varför Luca var så ledsen. Var det verkligen på

grund av halsbandet? Det som var så fånigt! För mig i alla
fall. Men det var kanske inte fånigt för Luca, tänkte han.
Pojken tog av sig sitt egna halsband och satte det runt
Lucas hals.

'Ja vill att du ska ha mitt.'

Luca tittade upp på pojken; man kunde se hur glad han
var.

'Säkert Affe?'

'Jadå kompis, du ser mycket häftigare ut i det än fåniga
ja, ta hand om 'na bara!'

Luca kramade genast om pojken jättehårt, det gjorde
pojken glad. Luca torkade snabbt sina tårar och hoppade
upp på fötterna igen. Hans nävar for upp i luften med
detsamma och det tog inte lång tid förrän han slogs i
luften. Pojken hoppade upp på fötterna han med och
gjorde Luca sällskap. 'Ma-mma-lucco!' skrek Luca medan
han gav luften en vänsterkrok följt av en högerkrok, och
sedan en vänsterkrok igen, 'Ma-mma-lucco! Ma-mma-
lucco!' Han hoppade fram och tillbaka liksom boxarna
han sett på TV göra, 'Ma-mma-lucco!' skrek han. Pojken
härmade Lucas rörelser och han skrek även 'Ma-mma-
lucco' tillbaka till Luca trots att han inte hade någon aning
om vad det betydde. Det var ett ord han hade hört någon
säga i filmen Raging Bull. Kanske betydde det dumhuvud,
kanske idiot, kanske betydde det ingenting. Bara Luca
visste.

'Va betyder de egentligen? De där mammalucco.'

'Pucko tror ja, dumhuve kanske. Äsch spelar roll, de kan betyda va vi vill!'

Pojken insåg att Luca faktiskt inte visste vad det betydde, att han bara härmat grabbarna i filmen utan att veta vad han egentligen själv sa. Det verkade som att Luca kunde läsa pojkens tankar, han blev nämligen röd i ansiktet; så röd han brukade bli när han skämdes. Det gjorde pojken inte glad, att genera sin bästa vän på det viset. Nu har jag gjort honom ledsen igen! Dumma mej! Om han bara kunde läsa mina tankar, då skulle han förstå att det inte fanns något att skämmas över. Jag tycker om honom som han är, tänkte pojken. Om mammalucco betyder vad vi vill, då är det så!

'Ja då förstår ja!' sa pojken, 'vi gör de till vårt egna språk. Allt som e puckat kan vi kalla för mammalucco, som vårt hemliga språk, va tycker du om de kompis?'

'Alla i skolan e mammaluccos! Ja ska spöa ner dom alla en dag!'

Pojken hoppade upp och ner bredvid Luca och hejade på honom. Det gjorde honom glad att göra Luca glad. Nu måste jag hem innan mamma blir arg, tänkte pojken. Vilken tur att jag gjorde honom glad så snabbt, annars skulle jag inte mått så bra när jag gick hem.

'Klockan e sex nu Affe, du ska nog gå hem nu. Men vi ses imorn, å tack för halsbandet. Du e bäst.'

Pojken satt vid matbordet med sin mamma och pappa. De åt ris med en köttgryta. Det är vanligtvis pojkens favoritmat, men just denna kväll hade han inte särskilt stor matlust. Fråga henne nu, tänkte pojken, fråga henne. Jag räknar till tio och sen frågar jag henne. Hon kommer säga nej men jag måste fråga ändå. För Lucas skull. Om jag inte försöker då kommer han kanske bli besviken på mig, fast det skulle vara konstigt om det blev så. Han vet ju hur min mamma och min pappa är. Det finns ingen plats i världen som jag får gå till utan att dem följer med, men ändå följer de aldrig med på skolresor. Jag kan aldrig vinna med dem, tänkte han, men jag måste försöka ändå. En dag kanske de vaknar till och inser att det är okej om jag har kul utan dem, att ingenting farligt kommer hända mig. Pojken tänkte för fullt hur han skulle gå tillväga för att ta upp skidresan vid matbordet när hans mamma avbröt hans tankar.

'Ja fick ett samtal hem från skolan idag Afrem. Din fröken ville veta om du skulle följa med klassen och åka skidor. Varför har du inte sagt någonting till mig om det tidigare?'

Pojken skämdes alldeles för mycket för att titta upp, så han svarade med näsan mot tallriken.

'Ja måste ha glömt bort mamma, förlåt mej. Får ja gå?' han tittade långsamt upp medan han frågade sin mamma.

'Du vet vad jag känner om att ha dig ute i stan utan mej. Vi har ändå inte råd med det, det vet du Afrem.'

'Men mama snälla, de e bara femhundra kronor.'

'Bara! Bara femhundra kronor! Du vet inte värdet av pengar.'

Det var inte rättvist att hon var den enda som fick bestämma tyckte pojken, hans pappa hade också ett jobb och sina egna pengar.

'Baba, du då? Kan ja få femhundra kronor från dej så ja kan åka skidor med Luca å klassen? Snälla baba.'

'Lyssna på din mama snälla son.'

'Va e de ni tror ska hända mej egentligen om ja va utan er? Ja går ju till skolan varje da' utan er! Ja e ju hemma hos Luca utan er å ingenting händer mej nånsin! Allt e bara i era huvuden ju, ni har fel!'

Pojken puttade iväg sin tallrik och lämnade matbordet. Han klev in på sitt rum och stängde igen dörren löst. Inne på rummet tog han fram sin ryggsäck och tömde den. Vad har man med sig när man är på rymmen? En tröja kanske, tänkte pojken. Jag tar med en tröja, ett par extra strumpor och mina läxor; jag är kanske på rymmen men jag måste ju ändå göra mina läxor! Jag behöver någonting att sova på, så jag får packa ner min filt. En kudde får jag inte plats med, men jag kan ta med Teddy-Eddy och använda honom som kudde. Så ja, tänkte pojken, nu har jag allting jag behöver! Mat kan jag äta imorgon i skolan. Jag äter ändå inte frukost på morgonen så det kommer gå bra. Jag får hitta någonstans att sova i skogen, sen på morgonen plingar jag på Luca och tillsammans går vi till skolan. Med denna plan i tankarna tog pojken på sig sin ryggsäck och smög ut genom ytterdörren utan att hans föräldrar märkte av det.

Han promenerade till skogen som låg bakom deras skola och fortsatte gå in så djupt han bara kunde. Jag ska bevisa för mamma och pappa att det inte finns någonting i hela världen som kan skada mig. Jag ska klara mig en hel natt och en hel dag utan dem och då kommer de förstå att jag kan åka på skolresor utan problem. Ja, pojken hade tänkt ut allting i sitt huvud. Under hösten, närmare mot vintern, gick solen ner mycket tidigare under dagen. Pojken var beredd på detta så han hade packat ner en stor svart ficklampa i väskan. Ju längre in i skogen han gick, desto mörkare blev det. Det fanns en mängd fina träd och växter i skogen där pojken promenerade. Han visste inte riktigt vart han var på väg, han visste bara att han ville bort; så långt bort som möjligt.

Det kändes skönt för pojken att stå på sina egna fötter för en gångs skull. Trots att det bara gått några minuter, eller en timme, eller kanske två timmar nu, så kände pojken sig jättemodig. Jag gjorde det! Tänkte pojken medan han promenerade i skogen.

Ja har en telefon, som går upp i det blå
å när nån ringer på, så svarar ja som så
Hallå, hallå, hallå, vad e det som står på?
Jo, det e mamma å pappa som ringer på.

Ja kastar mina sorger bakom min rygg,
ja ser dom inte mer, ja ser dom inte mer.
Ja kastar mina sorger bakom min rygg,

ja ser dom inte mer.

Ja e så lycklig, jag e så lycklig,
måndag, tisdag, onsdag, torsdag,
fredag, lördag, sönadag.
Ja e så lycklig, ja e så lycklig,
ja e så lycklig hela långa veckan ut!

Han sjöng på den gamla visan medan han andades in den fria skogsluften.

Ja e så lycklig, ja e så lycklig,
ja e så lycklig hela långa veckan ut!

Pojken hade nu promenerat så pass långt att när han vände sig om fanns det bara skog runtomkring honom. Mörkret hade sedan långt tillbaka fallit över skogen, men som tur var hade pojken med sig sin ficklampa. Han fortsatte promenera framåt tills dess att han nådde en liten stig formad av marschaller. Jag är redan vilse och mamma och pappa är säkert redan arga på mig, så vad gör det om jag gör ett till bus? Tänkte pojken medan han övervägde ifall han skulle kliva på stigen eller ej. Stigen var så lång att pojken inte kunde se vart den ledde genom att bara titta rakt fram, så av nyfikenhet klev han på stigen och promenerade framåt. Jag hoppas det är ett stort hus eller ett stort slott, tänkte pojken. Luca skulle bli helt till sig om det skulle vara ett slott! Ju längre pojken promenerade på stigen, desto ljusare blev hans omgivning. Det var det konstigaste, tänkte pojken, att det kan vara mörkt på en sida och ljust på den andra samtidigt! Pojken förstod hur solsystemet fungerade; han var väl medveten om att solen inte kunde lysa upp hela världen samtidigt; men hur kunde solen lysa upp en del av skogen, men inte den andra? Det var det pojken inte förstod, och som han även grubblade över när han äntligen kom fram till slutet av stigen. Det var som att han nått en innergård inuti skogen. Slutet av stigen ledde till ett slags öppet litet fält, med bara gräs på marken och en liten stuga i mitten av alltet. Stugan och fältet var omringat av skogen; det var som ett huvud med en massa hår, och sen så rakar man av håret bara på toppen av huvudet och lämnar kvar allt annat hår runtomkring på huvudet. Så såg det ut; enda skillnaden var att det var en stuga på det tomma området och inte en skalle. För pojken var det som att han upptäckt ett hemligt land av något slag. Det kan inte finnas någon i skolan som vet om den här stugan inte! Det här måste jag visa Luca imorgon, tänkte pojken. Stugan var medelstor, tillräckligt för en mamma och en pappa men inte tillräckligt stor nog för en mamma och en pappa och ett barn. Den var vit, färgen hade fallit av, med en veranda; stugan såg verkligen jättegammal ut. Pojken tyckte det var en av de fulaste stugor han sett i hela hans liv, men den fascinerade honom ändå. Ett stort limegrönt rökmoln for plötsligt ut ur skorstenen. Pojken kunde varken se eller höra någon

människa i närheten, så det var underligt för honom att
se rökmolnet dyka upp från ingenstans. Det kanske är
någon därinne tänkte pojken, jag kanske kan få sova över
inatt om jag frågar snällt. Det var kallare här ute än jag
hade tänkt mig. Ja, jag har ju Teddy-Eddy och min filt,
men om det finns en säng då vill jag ju sova där istället.
Det behöver inte mamma få veta sen. Jag kommer inte
ljuga för henne, aldrig! Men jag kan säga att jag sov i
skogen, för det kommer ju vara sant på sätt och vis. Det
beror ju på hur man ser på saken. Om stugan ligger i
skogen, och jag är i stugan; då är jag väl i skogen? Om jag
då sover i en säng i stugan, då sover väl jag i skogen! Ja, så
är det. Det ska jag säga till mamma om hon frågar. Hon
måste ju inte veta allt om mitt liv! Några hemligheter får
man väl ha för sig själv tycker jag nog. Fy vad det stinker,
tänkte pojken plötsligt. Han hade nu nått verandan och
tänkte knacka på dörren, men det luktade så himla
äckligt att han inte kunde sluta hosta. Usch vad det luktar
illa, här kan jag inte alls sova! Vad är det för människor
som låter ett hem stinka så pass illa? Trots att han inte
ville sova över där längre så var han ändå nyfiken över
vem som ägde stugan, och vad som fanns inuti. Han
knackade därmed på dörren. Det fanns marschaller
runtomkring hela stugan, något pojken tyckte var slöseri
på pengar eftersom att den stora solen lyste så starkt över
stugan ändå. De måste nog bara vara där som prydnader,
tänkte pojken. När han knackade på den gamla trädörren
öppnades den av sig själv. 'Hallå? Äre nån hemma?'

frågade pojken samtidigt som han steg på. När han klivit in blev pojken omedelbart bemött av flera dussin människoskallar hängandes på väggarna runt hela stugan. I taket på stugan hängde det halsband gjorda av människoskelett. Stanken från stugan penetrerade pojkens näsborrar så pass aggressivt att han blev tvungen att täcka för näsan med sin jacka. Det här var det värsta, tänkte pojken. Är det döda människors skelett eller är det från djur? Äsch, det spelar ingen roll, det är lika hemskt hur som helst! Men vart kommer lukten ifrån? Det måste vara tusen döda råttor som ligger gömda här någonstans, det måste vara den enda förklaringen, tänkte pojken. Han fortsatte gå runt i stugan, titta sig runt. Framför honom, liggandes på en välorganiserad rad mot väggen, blev han bemött av flera dussin skor. Vissa var nya, vissa var gamla och utslitna; men alla var små. De är lika stora som mina skor, tänkte han. Han tog fram ett par skor och lade sin fot bredvid dem för att se vilka skor som var störst. Mina fötter är större ju! 'Hallå där! Hör ni mej?' ropade pojken tillslut. Det måste ju vara någon här, hur annars har skorna kommit hit? Hur annars fick man alla skelett och ben upp i taket?

'Hallå där! Svara mej då!'
Men ingen svarade när pojken ropade. Han hörde istället ett ljud från det lilla köket, det lät som något kokades. Han gick genast in till köket och fann en enorm kastrull som stod på spisen. Inuti fanns en limegrön vätska som kokades för fullt. Synen av vätskan, den tjocka gröna

röken, och den starka vågen av stank som for över pojken
var alldeles för mycket; han kräktes med detsamma. Det
fanns en rulle med hushållspapper på köksbänken så
pojken torkade upp efter sig när han kräkts färdigt. Nu
behövde han bara en papperskorg, men det kunde han
inte hitta någonstans. Hur kan man ha ett hem utan en
papperskorg? Kan man ens kalla detta för ett hem? Det
ser mer ut som lustiga huset än ett hem. Luca kommer
inte tro sina öron när jag berättar det här. Han kommer
nog säga att det är häxor som bor här, och det har han
kanske rätt i.

Pojken gick runt i stugan och letade efter en
papperskorg när han upptäckte en dold stängd dörr. När
han öppnade dörren blev han bemött av en syn som fick
honom att tappa både skräpet i hans hand, men också
hans haka. Det här kan inte vara sant! Åh nej, åh nej, åh
nej! Pojken såg flera dussin barn hängandes i taket
alldeles nakna. Deras armar var fastbundna i taket med
rostiga kedjor, och resten av deras kroppar svajade i
luften. Deras armar var uppskurna med något vasst,
detsamma var deras munnar; det var som att någon hade
tagit en kniv och försökt förlänga deras leenden genom
att skära upp mungiporna. Pojken var tvungen att hålla
för munnen i ett försök att inte kräkas igen. Han skakade
på huvudet samtidigt som han tittade runt i rummet på
barnen som hängde i taket. Han försökte lista ut ifall
något utav barnen var vid liv när han plötsligt fick
ögonkontakt med ett utav barnen. Han kunde inte göra

annat än att stirra tillbaka i tystnad när han såg något lysa upp i flickans ögon. Det var som att hon fått en briljant idé. Det tog inte lång tid förrän hon började göra ifrån sig ett underligt ljud. Det lät som att hon inte pratat på jättelänge för pojken förstod inte vad hon sa till en början. Det lät som en mängd grymtningar från en stucken gris. Tillslut lyckades hon formulera sig bättre och det var då pojken uppfattade vad hon försökte säga: h-j-ä-l-p m-e-j. Hon repeterade orden långsamt till en början. 'Min hjälp?' repeterade pojken, det var det enda han kunde få ur sig. När han ställde sin fråga öppnade vartenda barn sina ögon och riktade dem mot pojken. I kör började hela massan ropa så högt de bara kunde efter hans hjälp. Det var som om han hade den sista köttbiten och alla hungriga hundar kände lukten av den i hans ficka, 'hjäl-p mej! Hjäl-p mej! Hjälp mej! Hjälp! Hjälp!' Det var allt barnen ropade ur sig i kör, 'snälla, hjälp mej! Snälla! Snälla!' Boom!!!

Något for i marken någonstans i stugan. Någon är här. Vem det nu än är som har gjort det här mot dem är här. Jag måste ta mig härifrån innan jag själv hamnar upp i taket!

'Ja kommer tillbaka okej? Ja lovar,' sa pojken innan han sprang ut ur stugan och raka vägen hem igen utan att blicka tillbaka.

Pojken sprang så snabbt att han ibland glömde bort att andas. Marschallerna som skapade stigen var borta; inga ljus lyste nu upp skogen. Pojken var i den stunden extra

tacksam över att han packade ner ficklampan. Utan den
skulle han aldrig kunnat ta sig tillbaka hem igen. Han
sprang genom stigen och lyckades ta sig tillbaka till den
skog han kände igen. Han fortsatte springa framåt hela
vägen tills han kunde se skolans byggnad. Vid det laget
vågade han för första gången vända sig om för att se om
någon följt efter honom; det var ingen där. Mitt hjärta
dunkar så snabbt nu, tänk om det far ur genom bröstet på
mig? Jag måste bromsa ner lite, jag vill inte få en
hjärtattack mitt i skogen heller. Häxan kanske tar mig då
och hänger upp min skalle på väggen! Nej jag får gå hem
resten av vägen. Det är ändå inte så långt kvar. Kanske tio
minuter eller trettio minuter. Vi får se. Nu är jag i alla fall
ute ur skogen, det gör mig lugn. Ficklampan kan jag
släcka. Jag lägger den i ryggsäcken igen. Eller vet du vad?
Jag gör inte det. Tänk om mörkret faller över himlen igen
som den gjorde i skogen? Om det kan bli så pass mörkt,
och direkt efteråt så pass ljust på nolltid i skogen, då kan
det hända här ute med. Vem vet vad som dyker upp då!
Fler skallar och skelett! Fler barn som ropar efter min
hjälp! Fy tusan för den person som gjorde så mot dem!
Jag måste tillbaka dit imorgon med Luca och hjälpa dem.
Vi måste packa ner kläder åt dem och handdukar och
massa plåster. Vilken tur att Lucas mamma är
sjuksköterska, han har flera hundra plåster hemma. Jag
hoppas vi får ta dem tänkte pojken medan han
promenerade den sista biten hemåt.

När han anlände till sin gård såg han en polisbil stående utanför porten. Lamporna i hans lägenhet var tända, lamporna i Lucas lägenhet med. Pojken förstod med detsamma att polisen var där på grund av honom. Hans mamma kommer aldrig någonsin låta honom gå någonstans om hon får veta vart han varit eller vad han har sett. Hon kommer säkert hemskola mig om hon får reda på om stugan, tänkte pojken. Jag kan inte heller ljuga för henne, jag skulle inte kunna leva med mig själv om jag ljög för mamma! Jag får helt enkelt inte säga någonting förrän jag får träffa Luca. Han kommer tro på mig och han kommer vilja hjälpa mig. Pojken gick in i porten, upp för trapporna, och plingade på ytterdörren. En lång och smal indisk kvinna öppnade dörren iklädd polisuniform, 'hej, e de du som e Afrem?' frågade hon. Hon hade långt fint svart hår i en fläta, och en jättefin röst tyckte pojken. Han nickade och klev in i hallen. Hans mamma sprang snabbt in i hallen och höll om pojken. Hon pussade honom överallt i vad som kändes en evighet. Pojken sa inte ett enda ord, liksom han lovat sig själv.

Pojken fick inte gå till skolan på hela veckan av sin mamma. Hon ville se till så att han var okej och oskadd innan hon kände sig trygg att låta honom vara utan henne. Eftersom att han inte yttrat ett enda ord sedan han återvände från skogen ökade det oron inom henne. Pojken fick varken gå till skolan eller prata med Luca. Det hans mamma inte förstod var att om han fick träffa Luca, då skulle han prata igen, så genom att undanhålla honom från Luca hindrade hon honom från att prata igen; samt sig själv från att bli mindre orolig. Men inte kunde han säga det till sin mamma. Nu har det gått så pass lång tid av tystnad att det inte spelar någon roll vad jag säger till mamma, tänkte han, hon kommer vilja veta vart jag har varit innan jag får träffa Luca. Så vi får väl se hur länge hon kan hålla mig fånge. Allt detta tänkte pojken på medan han satt i väntrummet tillsammans med sin mamma på vårdcentralen. Hon hade begärt att en läkare undersökte honom eftersom att han nu inte sagt ett enda ord på två veckor. Det skulle inte oroat henne så mycket om inte nätterna var så hemska som de var.

Sedan han återvände hem från skogen hade pojken drömt mardrömmar varje natt. Han drömmer att han är i ett mörkt rum utan dörrar och väggar. Det finns ett litet fönster i luften, och på utsidan ser han sin familj tillsammans med Luca och hans mamma. Han ropar efter hjälp men ingen hör honom. Från ingenstans greppar någon tag i hans ben och drar honom ner i ett mörkt hål. Han skriker efter hjälp men ingen hör honom. När han blir neddragen i hålet vaknar han alltid upp från mardrömmen skrikandes. Hans mamma kommer alltid in på rummet så fort hon hör honom skrika. När hon tänder lampan och kramar om honom känns det bättre för pojken, men det stoppar inte mardrömmarna från att dyka upp igen. Om dagarna ser pojken även skuggor röra sig i luften inne på sitt rum. Till en början trodde han att han inbillade sig allting, men skuggorna hade blivit tydligare under de senaste dagarna och liknade nu skepnader av människor. Om det inte räcker, så känner pojken sedan kvällen i stugan ett tungt tryck mot sitt bröst. Det gör inte ont, men det känns väldigt tungt; som att någon placerat en sten på hans bröst. Ibland när han ser skuggorna känns det som att någon tar den tunga stenen och bankar hårt på hans bröst flera gånger på raken ovanför hans hjärta. Mardrömmen han regelbundet drömmer har gjort pojken så pass rädd att sova att han nu känner tyngden och stenen i bröstet varje kväll när hans mamma säger att det är läggdags. Bara orden om läggdags skrämmer hans inre nu. Pojken har läst många böcker om drömtydning, men ingen av böckerna tyder drömmar där man blir uppslukad av ett mörkt hål. Om dagarna har pojken börjat tänka på saker som gör honom rädd, och han har tappat lusten att exempelvis läsa eller titta på TV; två saker han älskade att göra förut. Han är bara inne på sitt rum nu i sin säng och tänker på barnen i stugan. Skuggorna som han de första dagarna var rädd för är han inte lika rädd för längre. Han gråter inte längre när han ser dem, men han känner fortfarande den stora tyngden i sitt bröst när de dyker upp. En natt när han vaknade upp av en mardröm kunde han se en skugga ovanför honom. Det kändes som att skuggan höll fast hans ben och försökte dra honom ur sängen. Pojken skrek och grät, men han kunde inte röra på sig. Det var som att hela hans kropp var förlamad. Där låg han i sin säng och såg på när en mörk skepnad försökte dra ut honom ur sängen, och han kunde inte göra någonting för att stoppa den, han kunde bara skrika! Det var det värsta, tänkte pojken. När hans mamma klev in på rummet och tände lampan då försvann skuggan. När hon höll om pojken hårt, och tryckte sin hand hårt mot hans hjärta, då lugnande han ner sig. Han skrek inte mer, han grät bara. Hur förklarar jag det här för mamma utan att berätta om stugan? Hon kommer aldrig tro på mig, varken om skuggorna eller barnen i stugan. Hon kommer låsa in mig på ett sjukhem! Så det är väl lika bra att jag är tyst. Kanske låter hon Luca komma på besök snart. Då kommer allting bli bättre, tänkte han.

En läkare ropade in honom och hans mamma för en undersökning. Läkaren tittade pojkens temperatur i örat, hon undersökte hans mun, hon undersökte hans rygg, och även hans hjärta med ett stetoskop. Alla värden verkade vara normala enligt läkaren.

'Du måste göra någonting! Sedan han rymde hemifrån har han inte varit sig själv! Titta själv ska du få se! Ta fram ditt stetoskop, gör det! Å lyssna på hans hjärta, å ta hans puls. Gör de nu så ska ja visa dej!' sa hans mamma.

Läkaren tog pojkens puls igen samtidigt som hon lyssnade på hans hjärta.

'Afrem, vill du berätta för läkaren vart du va kvällen du rymde hemifrån? Vart gick du? Va såg du gubben?'

När mamman ställde följande frågor blev tyngden i pojkens bröst så tung att han började gråta. Han började tänka på barnen som hängde i taket och den lukt han känt i stugan och efter bara några sekunder kräktes han. Jag fattar ju vad mamma försöker göra när hon frågar det där, men jag kan inte svara henne. Men då blir mitt hjärta så där konstigt och jag börjar tänka på flickan som frågade mig om hjälp. Jag vet inte hur det är möjligt men lukten från stugan dyker upp när jag tänker på henne, och då kräks jag. Mamma har listat ut hur min kropp fungerar nu. Det spelar ingen roll om jag är tyst; hon förstår att jag har sett någonting. Men jag kan ändå inte berätta för henne. Jag vägrar, tänkte pojken medan hans mamma skällde på läkaren. Jag kommer kräkas igen jag bara vet det, ja; nu kommer det upp igen.

'Ser du!' sa mamman, 'två gånger kräktes han nu bara av den frågan. Varje gång ja nämner den kvällen gör han samma sak! Hör du hans hjärta? De kommer spricka genom bröstet på 'na! Ni måste göra något, han behöver prata med någon.'

Pojken blev likblek när han hörde hans mammas förslag. Prata med någon? Någon annan än Luca? Det går inte. Jag vägrar. Det har gått så pass lång tid att barnen kanske inte ens överlever om mamma ska dra ut på det här! Jag behöver träffa Luca!

'Ditt barn verkar bara vara stressad. Han måste ha blivit rädd när han rymde hemifrån, och lättad när han äntligen kom tillbaka. Men känslorna han kände när han var utan dig sitter fortfarande kvar. Sånt går över av sig själv. Han behöver bara en god natts sömn så kommer det gå bra ska du se. Jag skriver ut milda lugnande åt honom så ska du få se att allting kommer vara tillbaka till det normala om bara någon vecka.'

Pojkens mamma tog det inte lika enkelt som läkaren hade förutspått. Om det var någonting som hon var emot så var det hur sjukvården i landet alltid hade samma lösning till problem; medicinering. Det spelade ingen roll om man hade stukat foten eller begravt sin pappa; all slags smärta en människa kände skulle botas med medicin. Istället för att lyssna på patienterna, ta tiden att gå till roten med problemet, strävade de alltid efter den snabbaste lösningen på kortast tid. Det de inte förstår är att det är en lösning på kort sikt. Om pojken tar lugnande kommer han kunna sova, det stämmer, men när han blir tillfrågad att återberätta om kvällen han rymde hemifrån så kommer tankarna på barnen och lukten fortfarande få honom att kräkas. Han måste få bearbeta sitt trauma med någon, vem som helst! Läkaren tog inte pojkens mammas protest särskilt milt.

'Nej, nu e de ja som har ordet!' Avbröt pojkens mamma henne med, 'en sista fråga; hur ska medicinen hjälpa honom att börja prata igen? Va för svar har du på de?'

Läkaren förklarade för pojkens mamma att hon kunde skriva ut medicin som skulle öka endorfinerna i pojkens kropp som på så vis skulle göra honom piggare och ge honom mer energi som i längden skulle kunna bidra till att han fick ork att prata igen. Pojkens mamma lät inte ens läkaren prata klart. Hon tog tag i pojkens ärm och släpade ut honom ur läkarens rum utan att blinka. Pojken förstod hur tufft det måste vara för hans mamma, särskilt eftersom att hon älskade honom så mycket, men han visste inte hur han skulle kunna hjälpa henne utan att skada sig själv. Därför förblev han tyst.

Efter läkarbesöket tog pojkens mamma med honom till en park. De två satt på en parkbänk i tystnad. Mamman lutade sig framåt och begravde sitt ansikte i sina händer. Pojken hörde hennes snyftningar. Hon mumlade för sig själv, frågade om och om igen vad hon skulle göra. Stackarns mamma, tänkte pojken. Om hon bara kunde förstå att lösningen var så enkel – jag behöver träffa Luca. Pojken tog tag i hans mammas hand och höll i den. Hon tittade på honom helt förtvivlad, hon förstod ingenting. Han tittade på henne och sa 'Luca.' Hon måste förstå vad jag menar. Kom igen mamma, jag vill träffa Luca. Varför säger hon ingenting? Jag kanske ska klämma åt hennes hand hårdare, då kanske hon förstår. Nej, det funkade inte heller. Kom igen mamma! Hon tittade på honom frågandes, och frågade honom tillslut 'Luca?' Pojken nickade. Nu trillade poletten äntligen ner. Duktig mamma. Ta mig nu till Luca. Pojken ställde sig upp och räckte ut sin hand till sin mamma. Hon tittade på hans hand som ett frågetecken till en början, men slutligen verkade det som att hon äntligen förstod, 'Luca' repeterade hon, 'Luca.'

Pojken och hans mamma knackade på hemma hos Luca den eftermiddagen. Mamman hade snyftat hela vägen hem, men lyckats torka sina tårar när hon stod framför dörren och knackade på.

'Hej' sa hon när Lucas mamma öppnade dörren, 'har Luca tid att leka en stund med Afrem? Han pratar fortfarande inte, ja har inga fler alternativ. Ja vet inte va mer ja kan göra.'

Lucas mamma såg hur pojkens mamma var trött och utsliten, så hon gick fram och gav henne en kram omedelbart. Pojkens mamma brast ut i tårar med detsamma. Lucas mamma tittade bakåt och såg att Luca klivit ut från sitt rum.

'Affe!' ropade Luca.

Lucas mamma viftade åt pojken åt Lucas håll, som ett sätt att säga åt honom att han kunde gå och leka med Luca. Pojken och Luca sprang direkt fram till varandra och kramade om varandra.

'Affe! Var har du varit?'

'Hej kompis! Vi går till ditt rum å pratar.'

När pojkens mamma hörde pojken prata tittade hon upp direkt som om att hon sett ett spöke. När hon fick det bekräftat att det var hennes son som pratade vart hon helt stum.

'Vi går in på Lucas rum mamma, vi ses sen.'

Lucas mamma kramade om henne hårdare och försökte trösta henne, 'kom så sätter vi oss ner' var det sista pojkarna hörde Lucas mamma säga innan de stängde dörren.

Pojken berättade exakt allting som hade hänt honom sedan den kvällen de två sist sågs, medan Luca lyssnade extra noga.

'Ja vet inte hur ja ska beskriva de utan att låta som en mammalucco, men ja tror allt som hänt mej har nå att göra me stugan, tror du inte? Ja tror nått e inuti mej. En demon kanske, nått demoniskt äre i varje fall. Vi måste tillbaks dit å rädda barnen, å ta ut den här demonen ur mej. Så ja, nu e ja klar. Va tycker du?'

Luca ställde sig upp och gick fram och tillbaka inne på rummet. Han visste inte riktigt vad han skulle säga.

'Vi går dit imorn så får du visa mej helt enkelt. De låter ju som häxkraft men ja har inte läst om att de hängs upp barn i taket! De e kanske nå' nytt hos moderna häxor va vet ja! Äsch, vi går dit å kollar imorn tycker ja, går de bra för dej?

Pojken nickade glatt.

'Vi måste ta med ficklampor, plåster å handdukar. Vi kanske ska ta me lite mat för ja vet inte om dom ätit på länge.'

'Vi kan packa ner mackor åt dom efter skolan när mamma e på jobbet.'

'De låter bra, tack kompis.'

'Vill du kolla på film me mej nu?'

'Ja, kan vi titta på Raging Bull?' frågade pojken väl medveten om att det var just den filmen Luca ville titta på, han vågade bara inte fråga.

'De e bästa filmen ju. Vi ser den.'

Efter filmen klev pojkarna ut från rummet. Pojken sa hejdå till Luca och lämnade lägenheten tillsammans med sin mamma. De gick i tystnad när pojken sedan tittade upp på sin trötta mamma 'förlåt mamma,' sa han. Hon rufsade till hans hår som svar. Den natten sov pojken i lugn och ro utan några mardrömmar.

Dagen efter fick pojken återvända till skolan. Det var som att allting var tillbaka som vanligt, men det var det inte. Pojken hade kanske blivit av med mardrömmen för en natt, men när han vaknade upp på morgonen kände han fortfarande av tyngden i sitt bröst och lukten av stugan. Han kräktes inte, men lukten följde med honom under hela skoldagen. Trots att han börjat prata igen så kände pojken sig inte som förut. Luca uppmärksammade det under lunchen.

'Du verkar lite trött Affe.'

'Jo ja vet.'

'Ja hoppas vi kan hjälpa barnen i stugan, så du kan må bättre.'

'Det hoppas ja me kompis.'

Efter skolan promenerade pojkarna hemåt. De sa inte särskilt mycket till varandra. Pojken uppskattade att Luca inte frågade särskilt mycket, trots att han visste att Luca hade massor han ville fråga. Kanske trodde Luca inte på honom alls, kanske trodde Luca på honom helt och hållet. Det visste pojken inte riktigt med säkerhet, så han uppskattade att Luca fanns där för honom hur som helst.

'Ska vi packa ner skyddsmasker också? Om de
kommer lukta så äckligt igen så kan de hjälpa, eller va
tycker du Affe?'

'Ja, packa ner. Ju mer desto bättre tycker ja.'

De packade ner mackor, ficklampor, masker, handdukar,
plåster, och vatten i deras ryggsäckar och bar sig av. De
vandrade förbi skolan och in i skogen. Det var precis som
pojken hade förklarat tidigare till Luca; en skog, en stig,
en sol, marschaller och en stuga. Luca blev helt till sig när
de lämnat stigen och klivit ut på innergården av skogen
framför stugan.

'Oj oj oj!'

'Ser du stugan?'

'Ja det gör ja, vit å ful e den som du sa!'

'Ser du röken?'

'Ja de gör ja, men den e inte grön inte, den e vit å ful
den me.'

'Menar du allvar?'

'Nej ja skojar med dej, grön å ful e den!'

'Kom så går vi in så ska ja visa dej va ja såg, men sätt
på dej masken först.'

De satte på sig sina masker och därefter knackade
pojken på dörren. Ingen svarade så han klev in
tillsammans med Luca. Liksom första gången pojken var
där blev han även denna gång bemött av människoskallar
på väggarna och halsband gjorda av människoskelett
hängandes i taket. Luca gick runt i stugan och tittade runt
som om att det vore vilken stuga som helst.

'Ser du?' pojken pekade upp mot taket.

Luca skakade på huvudet.

'Ser du?' pojken pekade mot väggen.

Luca skakade på huvudet.

'De här da? Ser du skorna?'

Luca skakade på huvudet.

'Då ska ja visa dej de här. De här måste du kunna se!'

Pojken tog tag i Lucas arm och gick fram till den dolda dörren.

'E du beredd?'

'Ja, öppna da.'

Pojken öppnade dörren, men tittade inte in.

'Ser du?'

Luca skakade på huvudet. Pojken tittade in i rummet och såg då också med egna ögon att det faktiskt var tomt.

'Vet du, inte ja heller.'

'Inte?'

Pojken skakade på huvudet.

'Konstigt.'

När de klev ut ur rummet och gick tillbaka till vardagsrummet blev de bemötta av en stor eld.

'Ser du?' frågade pojken, 'du måste se de där, de där måste du ju se!'

'Se vadå?'

'Ser du inte elden! Nej gå inte dit Luca!'

'Vilken eld? Va pratar du om?'

Luca gick rakt igenom elden mot ytterdörren. Pojken tappade andan när han såg sin bästa vän gå igenom elden helt orörd.

'Kom nu, vi går till baksidan å tittar om de finns nå intressant där.'

Pojken gick sakta och skräckslaget mot Luca. Elden brann fortfarande stort i rummet. Han gick så försiktigt som möjligt för att inte bli bränd.

'De e okej Affe. Ingenting kommer hända dej, de e ju ingen här - bara vi. Kom nu.'

Luca räckte ut sin hand till pojken, och sekunder innan pojken hann ta tag i Lucas hand hörde de båda något högt prasslandes i skogen. Det lät som någonting flög igenom buskarna jättesnabbt.

'De där hörde ja, kom så drar vi!'

Pojkarna sprang ut ur stugan så snabbt de bara kunde. Pojken snubblade vid sista trappsteget ner från verandan. Luca märkte det inte förrän några sekunder efteråt. När pojken försökte ta sig upp såg han en svart skugga flyga förbi honom. Han vände sig om snabbt mot huset för att se om han såg i syne eller om det verkligen var vad han trodde att det var. Han hade nämligen bara sett skuggorna i sina drömmar, eller på kvällarna i sitt rum. Han trodde att det var i hans huvud, att han inbillade sig; men nu sken solen ljust och det fanns ingenting som kunde dölja skepnaden mer; inget mörker och ingen förvirring. Där framför honom såg han nu för första gången klart och tydligt det mörka onda som förföljt honom i hans

drömmar de senaste veckorna. Den stora tyngd han
tidigare känt i sitt bröst kände han nu ännu starkare. Han
kunde inte ta sig upp på benen, hela kroppen hade
kapitulerat till det onda mörka som befann sig framför
honom. De stora rostiga kedjorna som mörkret släpade
med sig skrämde livet ur pojken. Han kunde inte urskilja
om kedjorna var för att fånga honom, eller om mörkret
själv var en fånge till någon. Det mörka hålet pojken
drömt om i alldeles för många nätter trädde sig fram ur
skogen och svävade mot pojken. Han försökte skrika,
ropa på hjälp, men inga ord kom ut. Tillslut kände han
någonting rycka honom i ryggen; det var Luca som drog
upp honom med ryggsäcken och försökte släpa iväg
honom in i skogen.

'Va håller du på me, upp me dej! Hörde du inte de där
skriket eller, de e ju nå där ute!'

Pojken kände hur ryggsäcken drogs bakåt och hur
Luca skrek efter honom, men han kunde inte hjälpa att
stirra tillbaka mot mörkret. Vem är du? Tänkte pojken för
sig själv. Vem är du och vad vill du mig? Han fick inget
svar, men han kände något röra på sig inom. Det var som
om att någon kramade om honom mjukt samtidigt som
de långsamt försökte dra in honom i hålet. I hans
drömmar hade det känts läskigt att bli dragen mot hålet,
och det gjorde det till en början där vid stugan också,
men rädslan försvann tillslut. Pojken kände sig trygg i
ondskans armar. Vem är du och vad vill du mig? Tänkte
pojken. Ju mer han tänkte tanken, desto hårdare blev han

omfamnad. Hör du mig? Tänkte pojken, hör du vad jag
säger? Mörkret tog sin kedja och piskade hårt mot gräset.
Du hör mig, tänkte pojken. Vem är du och vad vill du
mig? Just i den sekund då mörkret ändrade rörelse så
blinkade pojken för första gången under hela
händelseförloppet. När hans ögon var slutna återvände
hans medvetna ögonblickligen tillbaka till nuet och han
insåg omedelbart att han varit under trans. Han avbröt
genast ögonkontakt med mörkret och lyckades ta sig upp
på fötterna igen utan att titta mot ondskan, sedan sprang
han iväg tillsammans med Luca. De sprang hela vägen
hem till Luca utan att någonsin stanna eller titta bakåt.
När de klivit in på Lucas rum och låst dörren kunde de för
första gången vila sedan mörkret nästan fick tag på
pojken.

’Va var de där om egentligen?’

’Ja vet inte, men ja lovar Luca! De va där! Ja ljuger
inte!’

’Kan du sova här i natt? Mamma jobbar. Ja sa att du
redan sagt ja, men ja förstår om du vill hem.’

’De e okej, ja ringer mamma å ber henne komma ner
me sovkläder å mat.’

’Ska vi kolla på film?’

’Vilken vill du se?’

’En läskig film.’

’Har du sett Elefantmannen? Den e riktigt läbbig.’

’De har ja inte. Vi ser den.’

48

'Ja ber mamma packa ner den på VHS. Får ja låna
telefonen?'
　'Den e i köket.'
　'Okej, ja e strax tillbaka.'
　'Vill du att ja följer me?'
　'Ja, kan du de?'
　'Kom så går vi till köket.'
　'Tack kompis.'
Pojkens mamma kom genast ner med mat, film, och
kläder till pojken. Hon hade blivit så van vid att pojken
sov över hos Luca sedan pojkens pappa gick bort att hon
alltid var förberedd att samtalet kunde komma när som
helst. Nu när pojken sovit en hel natt utan bekymmer
kände mamman att det kunde hjälpa ännu mer om han
fick sova en natt tillsammans med Luca. Hon packade
därför ner mat och kläder och en VHS och lämnade dem
till pojken och Luca. När filmen var slut satt pojkarna i
tystnad.
　'Den här va ju inte läskig alls, den va ju bara sorglig.
Stackars honom.'
　'Du har rätt. De va elakt av mig att säga så. De e ju inte
hans fel att han föddes så.'
　'Precis. Stackars honom. Nu blev ja lite ledsen.'
　'Ska vi gå å sova nu istället? Du kanske mår bättre
imorn när vi vaknar.'
　'Ja de vill ja, vi sover.'
　'Förlåt för ja gjorde dej ledsen.'

'De va inte ditt fel, de va filmens. Men de e ju bara bra, de betyder att de va en bra film.'

'Okej va bra.'

'Men Affe, nästa gång, kan vi se Raging Bull istället?'

'Ja det kan vi.'

'Tack Affe.'

'Ingen fara kompis.'

Luca hade en modern säng som hade en extrasäng på undersidan som man kunde rulla utåt när det behövdes och sedan putta tillbaka under sängen när den inte behövdes mer. Pojken rullade ut extrasängen som redan var bäddad och lade sig där.

Mitt i natten vaknade pojken upp skrikandes. Han hade drömt om mörkret ute i skogen och känt hur han dragits mot det mörka hålet. När han vaknade upp såg han en mörk skugga ovanför sig och han kände fortfarande hur hans kropp drogs nedåt mot golvet. Han kunde inte röra på sig liksom alla andra gånger han vaknat i det tillståndet. Luca vaknade upp med detsamma och tände lampan.

'Va äre som händer? Affe? Vakna! Vakna!'

Luca smällde till Affe på kinden, men det hjälpte inte. Han skakade om hans kropp, men det hjälpte inte. Pojken fortsatte skrika. Pojken såg att Luca satt bredvid honom och försökte väcka honom, men pojken kunde inte röra på sig. Mörkret låg ovanpå honom och hade total dominans över hans rörelser. Det enda pojken kunde göra var att skrika, så det var det han gjorde. Plötsligt kände pojken Lucas armar runtomkring sig; Luca kramade om honom. Pojken hade berättat för Luca hur hans mamma hade hjälpt honom under nätterna, och Luca gjorde nu exakt samma sak. Han kramade om honom och lade sin hand hårt över pojkens hjärta. Han tryckte så hårt han kunde samtidigt som han kramade om pojken.

'Schh, schh, så ja, allt e okej Affe, ja lovar, allt e okej.'

Luca kramade om pojken så hårt han bara kunde, och på något sätt hjälpte det. Pojken såg framför sig hur mörkret långsamt försvann och han såg Luca framför sig klarare och klarare. Pojken återfick sin andning och torkade bort sina tårar.

'E du okej nu?'

'Ja, de här händer ibland, ja vet inte varför.'

'Ja men e du okej? Ska ja ringa mamma eller din mamma?'

'Nej de behövs inte. De e okej nu. Vi sover.'

'Okej kompis. Vi sover.'

Luca släckte lampan och gick och lade sig i sängen igen. Pojken kände sig varm och svettig, men han ville inte bekymra Luca mer så han sa ingenting. Istället försökte han somna om. Denna gång drömde han ingenting, det var helt mörkt när han somnade.

'Vem e du? Va vill du mej? Hjälp av mej? Vill du ha hjälp? Ja kommer tillbaka, ja lovar. Ja lovar. Ja lovar. Vart gick du?'

Luca vaknade upp mitt i natten igen av att höra pojken prata i sömnen. När Luca tittade ner för att se om pojken var okej så låg pojken inte där. Luca tände lampan och ropade efter pojken. Han hittade slutligen honom i badrummet. Pojken hade tagit en kniv och skurit sig på sin arm. Luca hann springa och ta ifrån honom kniven innan pojken gjorde en allvarlig skada på sig själv. Luca skyndade sig och hämtade en första-hjälpen väska. Därifrån tog han fram ett förband och tryckte det mot pojkens sår. Han tog ett bandage och snurrade det runt pojkens arm och förband hårt. Sedan kramade han om pojken hårt. Luca sa ingenting under hela tiden. Kanske för att han inte visste vad han skulle säga. Kanske för att han visste att inga ord skulle kunna hjälpa pojken. Han kramade om pojken och klappade honom på huvudet. Efter en stund vaknade pojken upp till nuet, och genast kände han smärtan i sin arm. Han mindes inte hur han tagit sig till badrummet eller vad som hänt med armen. Skräcken av att vakna upp mitt i natten ståendes i ett badrum med bandage på armen och en massa blod på golvet var inte kul för pojken. Han brast ut i tårar och skrik. Som tur var höll Luca redan om honom tillräckligt hårt för att lugna ner honom snabbare. Det hjälpte kände pojken. Det hjälpte att känna trycket mot hans hjärta. Det hjälpte att känna värmen från en annan människokropp. Det hjälpte att bli påmind att han var vid liv och att allting som skedde runt honom inte alls var i hans huvud. Efter en stund lyckades pojken lugna ner sig helt.

'Förlåt,' sa Luca.

'För vadå?'

'Ja trodde inte på dej.'

'Gör du de nu?'

Luca nickade.

'Va var de som hände mej?'

'Sätt dej på stolen medan ja städar undan. Ja berättar allting när ja e klar okej? Men du måste vila tror ja. De va mycket blod."

'Okej.'

Pojken satte sig på toalettsitsen medan Luca gick ner på huk och torkade undan blodet från golvet.

'Gjorde ja de här mot mej själv?'

Luca nickade bara samtidigt som han skrubbade golvet i tystnad.

'Fast de va inte du, de va nå annan. Ja såg de me mina egna ögon. Nå annan va inuti dej Affe, de va inte du.'

'En demon.'

'Kanske.'

'Kom så går vi till vardagsrummet. Vi sover där inatt istället.'

Pojken följde Luca till soffan och lade sig mittemot honom.

'Vill du att ja startar teven?'

'Nej ja vill att du berättar va som hände mej.'

'Ja vaknade mitt i natten av att du pratade i sömnen.'

'Aha, va sa ja?'

'De va lite konstiga saker bara.'

'Säg va ja sa da.'

'Vem e du? Va vill du mej? Hjälp av mej? Vill du ha hjälp? Ja kommer tillbaka, ja lovar. Ja lovar. Ja lovar. Å sen fortsatte de så i samma banor tills ja gick upp för att få tyst på dej, men då va du inte där. Så ja leta efter dej överallt. Ja hörde dej i badrummet säga att du lovar om å om igen. Du hade en kniv i handen å du skar dig på armen, en massa streck överallt. De va lite läskigt att se. Dina ögon va vita också, ja ställde mej framför dej å titta på dej men de va som du inte märkte att ja va där. De va då ja visste att du sa sanningen, att du hade nå farligt i din kropp. Så ja tog kniven ur handen på dej, å så plåstrade ja om dej. Sedan krama ja dej som du visade mej att din mamma gjort på dej. Då vaknade du å du va lite ledsen, å nu e vi här.'

'Å nu e vi här.'

'Vet du? Eller nä, strunt samma.'

'Jo säg.'

'Nej de va löjligt av mej.'

'Inget du säger tycker ja e löjligt kompis, berätta nu.'

'Ja måste hämta en sak från rummet da. Kan du vänta här själv? Ja tänder alla lampor innan ja går, å så skyndar ja mej tillbaks. Fem sekunder e ja borta. Du kommer knappt märka av!'

'De e okej, ja lovar.'

Luca tände stora lampan i vardagsrummet, samt de två små mindre golvlamporna.

'De här e okej va?'

'Ja de e de, tack kompis.'

Luca skyndade sig in på rummet och kom lika snabbt
tillbaka till vardagsrummet med en bok. Han satte sig
bredvid pojken och slog upp boken. Han stannade på
sidan 28 och lade boken i pojkens famn. Framför sig såg
pojken en bild på en stor cirkel med en stor stjärna målad
ovanpå. I stjärnans varje hörn fanns det olika symboler
som pojken aldrig sett förut. Bredvid bilden fanns det en
bild på en människa som låg på marken och såg död ut.
Under bilderna stod det en text på latinska:

**Exorcizamus te, omnis immundus spiritus, omnis
satanica potestas, omnis incursio infernalis
adversarii, omnis legio, omnis congregatio et secta
diabolica. Ergo, omnis legio diabolica, adiuramus
te... cessa decipere humanas creaturas, eisque
æternæ perditionìs venenum propinare... Vade,
satana, inventor et magister omnis fallaciæ, hostis
humanæ salutis... Humiliare sub potenti manu Dei;
contremisce et effuge, invocato a nobis sancto et
terribili nomine... quem inferi tremunt... Ab insidiis
diaboli, libera nos, Domine. Ut Ecclesiam tuam
secura tibi facias libertate servire, te rogamus, audi
nos.**

Pojken fortsatte läsa på andra sidan. Där stod det en
tydligare förklaring till vad bilden och symbolerna
betydde, samt texten. Kapitlet handlade om hur
människor förr i tiden blev av med onda demoner som

tagit över en människokropp. Den ritualen kallas för en mänsklig uppoffring och för att gå tillväga med den behöver man rita ut en cirkel och en stjärna på marken tillsammans med de symboler som bilden visade. Därefter behöver personen som har en demon i sig lägga sig på rygg på symbolen med armarna och benen utåt som ett X. Sedan ska man hälla en liter varmt färskt människoblod över kroppen. Man ska hälla det över kroppen som bokstaven X. Från ena armen till motsatta ben, och sedan från den andra armen till motsatta ben. Sedan ska man läsa texten på latin som står under bilden. När man läst klart ska man ta det resterande blodet och skvätta med handen två gånger på höger sida av huvudet på den som är besatt, två gånger på vänster sida av huvudet och två gånger ovanför huvudet. Personen som ligger på golvet ska ha en duk över ansiktet under hela ritualen. Samtidigt som man skvätter ska man säga följande:

Adjure te, spiritus nequissime, per Deum omnipotentem

Därefter ska man ta ett kors och lägga det på pannan på personen som ligger på golvet och sedan ska man repetera frasen tre gånger samtidigt som man trycker ner korset på pannan:

Adjure te, spiritus nequissime, per Deum omnipotentem

Den onde anden eller demon som är i kroppen kommer långsamt ta sig ur. Sedan ska den besatta personen ligga på golvet i femton minuter helt orörd. Därefter ska man ta ett glas med kallt vatten, ta bort duken från personens ansikte, och hälla vattnet över deras ansikte. Personen kommer då att vakna upp och vara fri från mörkret.

'Okej, vi gör de.'

'Säkert?'

'Ja, vi gör de. Va har vi att förlora på de egentligen?'

'Vem ska vi uppoffra da?'

'De måste va nå som verkligen förtjänar de.'

'Nå som ingen kommer sakna.'

'Ja de me, men de måste va nå som förtjänar de också.'

'Kan de va nå från skolan tror du?'

'Menar du den där mammaluccon som mula oss?'

'Ja, de va 'na ja tänkte på. Han förtjänar de, å ja vet inte nå som e tillräckligt dum nog för att sakna 'na.'

'De har du rätt i! Vi tar 'na efter skolan imorn å så bjuder vi hem 'na, å när han minst anar de så slår ja till 'na å tar hans blod me mammas sprutor!'

'Okej kompis, då va de bestämt! Ska vi göra de imorn eller när hade du tänkt att vi ska göra de här?'

'Vi gör de imorn. Vi tjänar inget på att dröja ut på de.'

'Nu e de du som har rätt kompis! Tror du att du kan lära dej allt de här tills imorn utan till?'

'Ja får väl läsa direkt från boken, inte kan ja latinska heller!'

Pojkarna skrattade i kör.

'Ska vi försöka sova nu?'

'Ja visst.'

'De e okej om du vaknar så igen, så att du vet. De stör mej inte. Ja vill bara att du ska må bättre de e allt ja vill.'

'Tack Luca, du e världens bästa kompis.'

'Du me Affe.'

'Gonatt.'

'Gonatt.'

Pojkarna somnade i soffan och sov i tystnad resten av natten.

Efter skolan försökte de hitta de äldre killarna men de kunde inte hitta någon utav de äldre eleverna alls. Pojken gick fram till fröken och frågade vart eleverna i de högre klasserna tagit vägen och fick som svar att de alla var på utflykt. Pojken och Luca gick hemåt från skolan den eftermiddagen jättebesvikna.

'Va ska vi göra nu da?'

'Ja vet inte kompis. Vänta tills imorn antar ja.'

Båda promenerade hemåt i tystnad när de plötsligt såg en väldigt liten äldre man sitta frusen på marken med en burk med mynt i handen. Han tiggde pengar.

'Hej,' sa Luca, 'e du hungrig?'

'Ja mycket hungrig.'

'Vill du följa me hem till mej å äta mat? Du kan få sova hos mej också om du vill. Vi har kläder också till dej om du vill ha de.'

'Får ja verkligen de?'

'Ja de klart. Inte ska du behöva sitta ute i kylan å vi få va inne i värmen. Låt mej hjälpa dej upp så ska vi se till att du får en varm dusch å rena kläder på dej.'

Pojken hade ingen aning om vad som flugit in i Lucas huvud, men han spelade med ändå. Tillsammans promenerade de tre hem till Luca. Luca visade mannen in till badrummet och gav honom en handduk, nya fräscha kläder som han tagit från sin pappas garderob, en rakhyvel samt så gav han mannen en ny tandborste.

'De e bara att känna dej som hemma. Vi sitter här i köket å förbereder maten, så de bara att komma när du e klar. Ha det så gött!'

'Tusen tack min pojk!'

Pojken satt i vardagsrummet när Luca gjorde honom sällskap.

'Följ me mej. Skynda.'

Pojken följde efter Luca in till hans sovrum. Luca tog fram boken med ritualen samt kritor och började rita ut cirkeln på trägolvet.

'Ta några kritor du med å hjälp till innan han kommer ut!'

Pojken tog en krita och hjälpte till, men han kunde inte sluta stirra på sin bästa vän. Luca måste ha blivit galen, tänkte pojken. Vi gick väl med på att vi bara skulle uppoffra någon som förtjänade det? Okej, det kanske inte kommer vara särskilt många människor som kommer sakna den gamla gubben, men inte heller förtjänar han att dö på detta vis heller. Han hade ju inte gjort nått ont, inte mot oss i varje fall. Hur kunde Luca bara göra något sådant utan att ens blinka? Jag har aldrig sett den här sidan av honom förut. Tänk vad för mer ont Luca kan göra om han så enkelt kan döda en oskyldig gammal man. Den tanken gjorde inte pojken glad alls.

'Ja vet va du tänker Affe, men ja gör de här för dej. För att du ska må bättre å bli glad igen. De e bara därför. Annars skulle ja aldrig göra nå sånt, men ja behöver va stark för dej me så som du alltid e för mej när dom där mammalucosarna e elaka mot mej.'

Pojken visste inte vad han skulle säga. Han kände sig fortfarande obekväm med hela idén.

'Låt mej få ta hand om dej för en gångs skull.'

'Okej.'

Så snabbt tog det för Luca att övertyga pojken att uppoffra främlingen för hans skull.

'Du e min bästa vän Affe.'

'Å du e min.'

'Så ja, nu e vi klara. Ja går å hämtar sprutorna, korset å duken, ja e strax tillbaka. Klarar du dej? Ja skyndar mej.'

'Ja de går bra.'

Pojken satte sig ner på sängkanten medan Luca gick iväg. Är jag okej med det här? Frågade han sig själv. Nej det är jag inte. Det här är så fel det kan bli. Ska jag säga något till

Luca? Nej det kan jag inte heller. Då kommer han bli
ledsen och det vill jag verkligen inte. Luca har aldrig varit
så aktiv och igång förut. Han brukar vanligtvis bara vilja
titta på samma film hela tiden; nu är det inte så. Det
kanske är bra att han tänker på annat än sin pappa. Jag
vill inte vara den som förstör för honom, så jag får väl låta
honom gå igenom med det här.

'Här har vi allt. Å ja hittade tabletter där de står att om
man tar för mycket så måste man ringa ambulansen,
annars kan man dö. Så vi tar några såna å krossar ner i en
öl åt 'na. Mamma har några i kylen vet ja, så vi ger 'na en
öl å väntar tills han e död å sen kan vi börja.'

De hörde mannen stänga av duschen så de gick in i
köket och värmde upp mat som Lucas mamma lämnat på
köksbänken. Tre tallrikar lasagne dukade pojkarna fram
med en sallad vid sidan om. Pojken hällde upp ett glas
mjölk till sig själv och ett till Luca; Luca tog fram en
starköl till mannen. Han öppnade ölen och hällde ut
hälften av drickan i ett glas, sedan krossade han ner 12
stycken vita små tabletter i glaset och sex stycken
tabletter i burken. Luca skakade om burken lite grann och
hällde lite mer öl i glaset. Gubben klev in i köket samtidigt
som Luca hällde upp den sista droppen av öl i glaset.

'Perfekt timing. Ja hade precis hällt upp ett glas öl åt
dej. Ja hoppas du dricker öl, de e starköl.'

'De e klart ja dricker det! Tack ska du ha gosse.'

'Ingen fara. Hoppas du tycker om lasagne. Min mamma har lagat det åt oss. Hon lagar en jättegod lasagne, visst Affe?'

'Ja, den e jättegod. Godare än min mammas.'

'Lasagne tycker ja minsann om! De va längesen ja blev bjuden hem på middag så de här e nå stort för mej ska ni veta. Ett skål till er två fina gossar.'

'Skål!'

'Skål!'

'Skål!'

Gubben drack upp hela ölen i ett svep, därefter började de alla att äta. Inom bara några minuter hade gubben fallit ner med huvudet på bordet. Hans huvud slog i glaset som genast gick sönder. En bit glas fastnade i mannens öga. Om tabletterna som han blivit neddrogad med inte tog död på honom så gjorde definitivt glasskivan det.

'Oj,' var allt pojken kunde säga.

'Låt oss inte slösa på tid. Vi hjälps åt att lyfta honom nu med en gång.'

Luca torkade bort blodet från bordet medan pojken gick fram till gubben och stirrade på hans livlösa kropp. När blodet var borttaget lyfte pojken upp den gamle mannens armar medan Luca tog tag i hans ben. Gubben vägde inte särskilt mycket så det var inte så svårt att bära in honom till rummet. Det var tur att han hade duschat och gjort sig ren, annars skulle det vara ännu jobbigare. Nu såg han i varje fall fräsch ut så han fick dö stilig i alla fall. Luca tog fram en jättestor spruta och en liten bunke.

Han stoppade in nålen i mannens arm och sedan drog han ut flera centiliter av hans blod. Han gjorde det flera gånger på vardera arm tills dess att bunken fyllts med en liter blod.

'Nu e de dags. Lägg dej mitt på cirkeln. Här, låt mej hjälpa dej.'

Pojken fick hjälp att lägga sig ner på golvet och ligga på rygg. Det var relativt obekvämt att ligga på golvet men pojken klagade inte. Han fick en liten näsduk av Luca som han täcke för sitt ansikte med. Pojken såg nu ingenting alls. Han blev ombedd att sluta ögonen och sprida ut sina armar och ben. Nu fick pojken varken röra på sig eller öppna ögonen förrän han kände det kalla vattnet på sitt ansikte. Det var tyst i en liten stund tills pojken kände den varma tjocka vätskan som hälldes över hans armar och ben.

'Exorcizamus te, omnis immundus spiritus, omnis satanica potestas, omnis incursio infernalis adversarii, omnis legio, omnis congregatio et secta diabolica. Ergo, omnis legio diabolica, adiuramus te... cessa decipere humanas creaturas, eisque æternæ perditionìs venenum propinare... Vade, satana, inventor et magister omnis fallaciæ, hostis humanæ salutis... Humiliare sub potenti manu Dei; contremisce et effuge, invocato a nobis sancto et terribili nomine... quem inferi tremunt... Ab insidiis diaboli, libera nos, Domine. Ut Ecclesiam tuam secura tibi facias libertate servire, te rogamus, audi nos.'

Det blev plötsligt helt tyst i rummet. Pojken kände värmen från Lucas kropp bredvid honom, så han antog nu att de kommit till den delen i ritualen där Luca skulle skvätta blod runtomkring hans huvud. Medan Luca gjorde sitt försökte pojken känna om hans kropp påverkades av det som hände runtom honom. Jag känner mig varm, tänkte pojken, men det kan också vara på grund av att jag är så nervös. Det kan också bero på att det ligger en död man bredvid mig. Eller så är det för att mörkret inom mig håller på att utplånas. Vem vet egentligen, vi får väl se snart vad som händer.

'Adjure te, spiritus nequissime, per Deum omnipotentem.'

Luca lade sin hand på pojkens panna och tryckte korset hårt samtidigt som han repeterade orden till honom.

'Adjure te, spiritus nequissime, per Deum omnipotentem. Adjure te, spiritus nequissime, per Deum omnipotentem. Adjure te, spiritus nequissime, per Deum omnipotentem.'

När han läst färdigt lät han pojken ligga kvar på golvet medan han lämnade rummet. Pojken förväntade sig att tyngden på hans bröst skulle återvända eftersom att Luca lämnat honom ensam, men det gjorde den inte. Pojken kände ingenting ont alls inom sig. Det kändes som en evighet att ligga där på golvet i väntan på Luca när duken plötsligt drogs bort från pojkens ansikte och ett iskallt glas med vatten hälldes rakt i ansiktet på honom. Pojken tog ett djupt andetag och försökte återhämta sin andan.

'Lever du? Här, låt mej hjälpa dej upp.'

Pojken fick hjälp att sätta sig upp på en stol.

'Hur mår du?'

'Likadant som innan.'

'Kände du nå i kroppen när ja läste texten från boken?'

'Ja kände mej bara varm, de va allt. Står de nå i boken om att känna sig varm?'

'Nej, man ska känna sig renad står de. Ja tror nog inte de e samma sak som å känna sig varm.'

'Jaha.'

'Va vill du göra nu?'

'Ja vet inte. Va vill du göra?'

'Ja vet inte. Ska vi kolla på film?'

'Visst.'

'Vilken film vill du se? Du får bestämma.'

'Ska vi se Raging Bull?'

'Ja visst, varför inte.'

'Ska vi göra oss av me gubben först kanske? Om han börjar lukta så kommer din mamma kanske bli misstänksam.'

'De har du rätt i. Ja hämtade en påse när du låg ner. Vi lägger in honom i påsen å slänger honom på tippen.'

Luca tog fram en svart stor sopsäck och tillsammans hjälptes de åt att lägga in gubben i påsen. Därefter släpade de ut påsen till utanför deras lägenhet och skyndade sig hem igen. Det var ingen som såg dem när de gick ut eller när de gick hem igen. De lade sig direkt i soffan och slog på filmen.

'Du,' sa Luca mitt under filmen, 'va vare du såg när vi va i skogen du å ja?'

'Kan vi ta de nån annan gång? Ja e för trött för att prata om de nu. Ja kommer inte kunna sova igen.'

'De e okej.'

'Tack.'

'Du.'

'Ja kompis?'

'Vi borde gå tillbaks till stugan imorn. Om du inte kan se de som e inne i stugan då e du botad. Men om du fortfarande kan se allting då har du fortfarande de onda kvar i dej.'

'Vi går imorn efter skolan da.'

'Ska vi ta me mackor ifall barnen e tillbaks?'

'Ja de tycker ja, man vet ju aldrig. Hellre att vi har me oss än att vi inte har me oss å så e dom där.'

'Ja håller me. Vi packar me oss mackor på morgonen innan vi går till skolan, sen går vi dit direkt efter skolan.'

'De blir bra de, då säger vi så.'

De fortsatte titta på filmen i tystnad och båda somnade direkt i soffan.

Nästa dag efter skolan promenerade pojkarna tillsammans på stigen mot stugan.

'Tycker du inte de e lite konstigt att marschallerna e nytända varje gång vi e här?'

'Ja, de e nästan som att de e nå som tittar på oss å vet att vi kommer.'

De var nu framme vid stugan. Pojken gick fram till verandan.

'Ja går in å tittar runt. Du behöver inte följa me eftersom du ändå inte kan se nå.'

'Okej, ja e här ute å håller utkik medan. Skynda dej bara.'

Pojken tog ett djupt andetag och knackade på stugan. När ingen öppnade dörren klev han in. Han blev genast bemött av skallarna och de svajande halsbanden. På golvet fanns det exakt lika många par skor som tidigare. I köket fanns kastrullen kvar med rester av den gröna grytan, men det var ingen grön rök i rummet. Pojken öppnade dörren till det läskiga rummet. Alla barn var tillbaka, men denna gång var det ingen utav dem som ropade efter hjälp. Det var redan försent. Alla barn låg på golvet i en hög ovanpå varandra. Det stank ännu värre i det rummet än vad det tidigare gjort. Det stank så mycket att pojken inte kunde hindra från att kräkas igen. Det var alldeles för mycket ont som svävade i luften för honom att han sprang ut ur rummet. När han sprang ut såg han en eld brinna i vardagsrummet igen. Vart kom elden ifrån? Är det någon här?

'Hallå? Va vill du mej egentligen? Hallå?'

'Affe vem pratar du me? Kom ut!'

Pojken skyndade sig ut till verandan och ner för trapporna. Han hostade av all rök som han andats in.

Luca skyndade sig till pojken men han var för långsam;
pojken föll ihop på gräset och skakade i hela kroppen.
Pojken kände en tyngd i sin kropp blandad med en
överväldigande känsla av rädsla. Hela hans kropp ryste till
varenda sekund; det var som att hans kropp fastnat i ett
chocktillstånd. Det enda pojken kunde göra var att gunga
fram och tillbaka. Det mörka moln han en gång tidigare
sett vid stugan smög sig nu långsamt ut ur huset. Pojken
blundade hårt.

'Adjure te, spiritus nequissime, per Deum
omnipotentem.'

'Va gör du?'

'Adjure te, spiritus nequissime, per Deum
omnipotentem. Adjure te, spiritus nequissime, per Deum
omnipotentem. Adjure te, spiritus nequissime, per Deum
omnipotentem.'

Luca förstod inte vad som hade hänt. Han kramade
om pojken men ingenting hjälpte. Tillslut tog han av sig
sitt halsband och satte det runt pojkens hals.

'Kom upp nu Affe.'

Pojken fick hjälp att ställa sig upp fötter igen. Han hörde
vad Luca sagt, och på något konstigt sätt kände han en
överväldigande styrka när Luca satte på honom
halsbandet.

'Vi går hem nu,' sa Luca.

Pojken promenerade från stugan mot stigen tillsammans
med Luca bredvid sig. Plötsligt hörde de en stark vind
från träden bakom stugan. När Luca vände sig om för att

se vad det var som lät så frös han till liksom pojken gjort innan. Han föll ner på sina knän samtidigt som han stirrade rakt framåt mot stugan utan att blunda. Tårar rann ner för hans kinder. Det såg ut som att han försökte säga någonting, men pojken hörde inga ord komma ut. Pojken vände sitt huvud för att se vad Luca hade fått syn på; mörkret. Mörkret hade trängt sig ut ur stugan och långsamt tagit sig fram till pojkarna. Det stora svarta hålet svävade ovanför pojkarna och i hålet kunde pojken se barnen som han sett i stugan ropa efter hans hjälp.

Pojken föll ner på sina knän han med. Han kände samma kramandes kraft runt sig som han känt innan; den kraft som drog honom mot hålet, men som han lärt sig från tidigare så slöt han ögonen med detsamma och vände blicken bort. När han väl öppnade ögonen igen hade han återfått kontroll över sin kropp och lyckats ta sig upp på fötterna igen. Pojken ställde sig upp och tittade på Luca.

'Kompis? Hör du mej? Luca?'

Pojken höll i sitt halsband som han fått tillbaka från Luca när en tanke snabbt for genom hans huvud. Åh nej, tänkte pojken. Han täckte snabbt för Lucas ögon med sin handflata och hjälpte honom upp på fötter igen. Sakta men säkert återfick Luca sin styrka och kontroll över sin kropp och lyckades stå upp stadigt på sina egna ben. En stark högljudd vind, lika hög och kraftig som en tornado, kom sig närmare och närmare pojkarna.

'Vänd dej inte om!' skrek pojken samtidigt som han drog med sig Luca in mot skogen.

De sprang så snabbt de bara kunde. När de lämnat
stigen och kommit längre in i skogen stannade Luca till.
Han kunde inte säga nått till pojken, han bara stod där.
Pojken tog av sig sitt halsband och räckte ut det till Luca.

'De e nog försent.'

'Du såg de va?'

Luca nickade.

'Förlåt mej.'

'Nej, förlåt mej,' sa Luca och räckte tillbaka pojken
halsbandet, 'så, va ska vi göra nu?'

'Ja vet inte, va vill du göra?'

'Ska vi gå hem till mig å kolla film?'

'Ja de låter kul. Vilken film vill du se?'

'Ja vet inte, du får bestämma.'

'Ska vi se Raging Bull?'

'Ja, de kan vi. Vill du sova över hos mej också?'

'Vill du att ja gör de?'

'Ja de klart ja vill de, annars skulle ja inte frågat!'

'Ja vill de du vill så då gör ja de då.'

'Du e bäst Affe.'

'Du me kompis.'

SLUT

CPSIA information can be obtained
at www.ICGtesting.com
Printed in the USA
BVHW041609211220
596147BV00006B/24

9 798670 129121